モモ、南の島へ行く

MOMO
GOES TO THE
SOUTHERN
ISLAND

KYO KOGAWA

古川きょう

文藝春秋企画出版部

モモ、南の島へ行く

三ちゃん誕生

マルチーズはマルタ島原産の小型犬で、世界最古のペットと言われている。気候の温暖な地中海で、太陽の光をいっぱい浴びて走り回る愛くるしい姿をついつい想像してしまう。新しくペットを選ぶ時、やっぱりこれしかないとためらわずにマルチーズに決める。

後ろ足を上げてオシッコするオスは不格好《ぶかっこう》なので、今回もメスのマルチーズ。これで、我が家のメスのマルチーズは７代目になる。

２０１５年７月３日宮崎県日向市で、マルチーズの子犬が３匹産まれた。男、男、女の子の順で、お母さんはそれぞれを一《いっ》ちゃん、二《にっ》ちゃん、三《さん》ちゃんと犬語で呼びます。

「一ちゃん、二ちゃん、お遊び、もう止めて。三ちゃん、もう起きて。オッパイの時間ですよ」
「ワイ、ワイ、ワーイ」
子犬たちは大喜び、チュ、チュ、チュー。賑《にぎ》やかな食事です。３匹は時々両手で
オッパイを揉《も》み、満足そうに目をつむる。
犬語で数を数える時は、１、２、３、その先をいっぱいと言うらしい。もし４匹目
が産まれていたら、いっぱいちゃん？
８月になると毛布では暑苦しくなったので、ブリーダーさんは着古したポロシャツ
を縫い合わせた涼しい敷物を敷いてくれました。三ちゃんはポロシャツに残っていた
小さな白いボタンを見つけ、さも大発見でもしたかのように大事そうに両手で押え、
いたずらっぽい目をしながら夢中でカリカリかじる。やがて、とろけるような目にな
る。三ちゃんには、その音が心地よいメロディになって耳に響くのです。
また三ちゃんはお兄ちゃんたちを真似《まね》て、後ろ足を上げてオシッコする好奇心旺盛《こうきしんおうせい》
な女の子です。
三ちゃんの小さな耳はおいでおいでをするように前に垂《た》れ、大きい目は黒い部分が
多く、なかなかの美形《びけい》ですが、足が少しＯ脚《きゃく》ぎみなのが難点です。

2ヶ月が経《た》ちました。お母さんは、三ちゃんの旅立ちが本能的に判るのでしょう。

「三ちゃん、そろそろ旅立ちのようですよ。さあ、オッパイいっぱい飲んで。かわいがってもらうんですよ。元気に暮らすんですよ」

「どうすればいいの？　お母さん、ワタッチ」

「簡単、三ちゃんらしくすればいいの」

「ワタッチらしく？　ボタン、カリカリしていいの？　後ろ足上げオシッコもいいの？」

お母さんは、吹き出しそうになりました。三ちゃんは天真爛漫《てんしんらんまん》、でも思ったらてこでも動かない頑固《がんこ》なところもある。躾《しつけ》の厳しい飼い主さんだと苦労するなあとお母さんは心配しました。

横浜のペットショップの店員さんが三ちゃんをそっと両手で包み、ポロシャツを着たサンダル履《ば》きのおじさんに手渡しました。おじさんは両手で大事そうに胸に抱きかかえました。三ちゃんがポロシャツの白いボタンを見つけカリカリ咬《か》んだら、おじさんはびっくり驚いたようでしたが、それでもニッコリ笑い頭をナデナデしました。

「もう少し咬んだら、いい音楽が聴けたのにー」

三ちゃんは不満そうでした。

連れられておじさんのお家に行くと、おばさんがダッコして頬《ほお》ずりしてくれました。

「ワタッチのパッパさんとマンマさんになってくれる方ですか？」

「そうよ。よろしくね。かわいいお名前、用意していますよ。かわいい桃にちなんで、モモコ」

「モモコ？」

「気に入ってくれた？　モモちゃん」

「ありがとうございます。よろしくお願いします」

今日から、モモとパッパとマンマの一緒の生活が始まります。

モモちゃん、南の島へ

多良間島《たらまじま》は宮古島と石垣島のほぼ中間にあり、周囲19キロ、人口約1000人。産業はサトウキビと畜産。畜産は黒毛和牛の子牛を繁殖させている。牛の数が人口の3・5倍もあり、また食用のヤギも多い。いわゆる、動物王国である。

北を東シナ海、南を太平洋に挟《はさ》まれた、楕円形《だえんけい》の形をした自然豊かな島である。さらに、「日本で最も美しい村」に認定された沖縄県唯一の村でもある。


「モモちゃん、明日多良間島に行くけど、一緒に行ってくれる?」

「どうして?」

「パッパとマンマは、そこで歯医者さんをしているんだよ」

「えー、パッパとマンマは歯医者さんなの? 多良間島ってどんな所?」

「ずっと南の島。静かできれいな所。海の色も吹く風もお花も、横浜と全然違う」

「行く、行くー。ワーイ、ワーイ。冒険だ、冒険だー」

モモは大海に浮ぶ島に思いを馳《は》せた。ジャングルがあって、怪獣たちがいて、時々悪い海賊たちもやって来る。モモは、村人を護《まも》る果敢《かかん》な戦士になる自分を空想した。

9月23日、モモを乗せた飛行機は、羽田を6時40分に離陸。30分後には右手に早朝の富士を拝《おが》み、一路南下。2時間後に久米島上空に差しかかる。それから30分で宮古空港着陸。3時間の長い空の旅である。

モモは初めての飛行機で、轟音《ごうおん》が怖《こわ》くてオモラシをしてしまった。

「ゴーン、ゴーン、怖《こわ》ーい、怖ーい」

「三ちゃん、あっ、今はモモちゃんだったっけ？　モモちゃん、これは飛行機って乗り物なの。遠くへ行く時乗るんだよ。空を飛んでるんだよ。ものすごく速く飛ぶから、ゴーン、ゴーン、音がするの」

「えー、本当？　お化けじゃないの？」

「違う、違う。モモちゃんの行く島は、これに乗らないと行けない遠い所なの」

「そう？　どんな所？」

「小さな島で、静かできれいな所よ」

「おいしいもの、ある？」

「ある、ある。いっぱいある。ドラゴンフルーツ、バナナ、グァバ、パッションフルーツ……。モモちゃんの食べたことがないものばかり。とても甘いから、大好きになると思う」

「お肉は？　お魚は？」

「お肉は、豚、牛、ヤギ。豚肉は特においしいよ。お魚もいっぱいいる。赤いお魚とか青いお魚とか。まるで、水族館みたい」

天の声に励まされ、食いしん坊のモモは、だんだん楽しい気分になってきました。

宮古島で必要な日用品を調達してから、見晴らしのいいイタリアンのテラス席で昼食。

「モモちゃん、向こうの海、ほら、キラキラ光っている海、東シナ海。今から、モモちゃんの歓迎会を始めまーす」

「ワタッチの歓迎会？」

「そう、モモちゃんがうちの子になってくれて、遠い沖縄まで付いて来てくれたから。何かおいしいものを頼んであげるね」

「おお、な、なんだ、これー。おいしーい」

特製の大ソーセージに、モモ大満足。

15時40分発のＲＡＣに乗り、最終目的地多良間島へ。プロペラ機15分で到着。多良間村立歯科診療所の垣根の真赤なハイビスカスとピンクのブーゲンビリアが、満面の笑みでモモを迎えてくれた。奥が住宅になっている。

次の日の夜明け、島に来て初めてのモモのお散歩。近くの森でフクロウがホーホーと鳴き、時々ホーホーホッホーと山鳩が相槌《あいづち》を打つ。

パッパとモモが角を曲ると、3匹の小ネコが駆《か》け寄って来た。待ちきれず、お迎えに来たのだ。前後を走ったり、斜めに横切ったり、エサ場へ先導する。空地のエサ場では、やっと来たかと言わんばかりに、ノラちゃんたちが一斉《いっせい》に背伸びする。総勢8匹のノラちゃんたちは、パッパからもらったキャットフードを脇目も振らずに食べる。今日はもうエサにありつけないかもしれないし、また、明日雨でパッパが来ないかもしれない。今食べておかないと、と一生懸命ポリポリ食べる。

50メートル程行った空地でも、10匹のノラちゃんたちが待ち構えていた。

パッパは内緒のエサやりを終え、八重山遠見台《やえやまとおみだい》の森の坂を上がる。途中桑の葉の枝を折り、腕いっぱい抱えて坂を下る。そこには、ヤギを飼っている囲いがある。パッパに気付くと、12~13匹のヤギたちが、桑の葉をもらいに一斉にゾロゾロ寄って来る。ヤギたちは桑の葉が大好きなのだ。待ちきれず、上半身を左右に揺らし催促《さいそく》するヤギもいる。

「おい、ワン公。お前、新顔じゃな?」

「はい、ワタッチ、モモコと言います。パッパとマンマさんちの子になりました」

「そうか、そりゃー、良かったのお。お前、パッパに、ヤギたちにあまりおいしいものをあげるなと言っておいてくれー」

「どうして？」

「いっぱい食べて太ったら、食べられちゃうのさ」

「えっ？　お肉にされちゃうの？」

「そうさ。動物の世界は厳しいんだぞー。よく覚えておけー」

見事な角の生えた、長い顎鬚《あごひげ》の長老ヤギは桑の葉には目もくれず、パッパを睨《にら》みつけながら、足元の雑草をモグモグ咬んでいた。

なだらかな坂を１００メートルも下ると、外周道路に出る。防風林から、海を垣間《かいま》見る。眠たそうなエメラルドグリーンの凪《なぎ》の海に、朝日が昇り始めている。ザーザーと規則正しく寄る波と返る波の中で、今朝の朝日が少しずつ赤味を増して登って来る。朝日は海面に赤い一条の海道を創る。まるで、この道の向こうには、幸せがいっぱいあるんだよと言わんばかりに。

「モモちゃん、見て。真赤な朝日と真赤に染った海。光り子たちが、キラキラ飛び跳《は》ねている。きれいだねー」

「うん、うん、きれいー。とってもきれいー」
パッパとモモは、誰にも邪魔されない朝焼けの絶景に目を奪われた。パッパは、一句呟《つぶや》いた。

刻刻と　赤濃く濃くと　東空

パッパは俳句や詩を創るのが好きらしい。モモの詩も創ってくれた。今度お母さんに会ったら、教えてあげようとモモは思っている。

暑き島の楽しみは
朝の散歩とふじのりんご
遠くに見える白いものは
ビニール袋かモモちゃんか
島の子らがクスクス笑う

背中に朝日を受けながら、片道1・5キロの朝の散歩道をUターンする。家の近くのエサ場《ば》に小ネコが1匹。まだ足らなそうにフードを探している。リードのモモと鉢《はち》合《あ》わせ。小ネコは背中をいっぱいに丸め、毛を逆立てて、やんのかのポーズを取った。

モモはびっくり、

「脅《おど》かしてごめんね。居るの知らなかったの」

「小ネコと思って、ばかにすんな。ワンコロめ。これでも、小ネコのノラ様やどー。やんのか？」

小ネコは口をいっぱいに開け、牙をむき出しにし、大人ノラ顔負けの大声でニャゴーとモモを威嚇《いかく》した。

「ごめん、ごめん。さあ、パッパ早く行こう」

「小ネコちゃん、エサ持っていないから。明日の朝またね。ごめんね」

パッパとモモは急いで立ち去った。

次の日の朝は、幸いにも快晴であった。昨日の小ネコは、悠然《ゆうぜん》と当り前顔でエサ場にいた。

「小ネコちゃん、昨日は脅かしてごめんね。キャットフードいっぱい持って来たから」

「判りゃ、いいんだ。早く、くれー。腹ペコなんだ」

「どうぞ、どうぞ」

「ありがとう。モモちゃんって、優しい子なんだねー」

「パッパ、どうして村の人に隠れてノラちゃんたちにエサをあげるの？」

「ノラネコたちにエサあげないでと言われてるのさ」

「どうして？　ノラちゃんたち、お肉も料理出来ないし、お魚も獲れないし……。エサもらえなかったら、どうやって生きて行くの？　ノラちゃんたち、生きていてはいけないの？」

「……」

冬がきた

モモが島に来て、もう2ヶ月が過ぎ12月に入った。暦《こよみ》の上では12月から2月までが冬になるが、沖縄は18℃前後でTシャツ、短パンを長袖、長ズボンに取り換える程度の変化でしかない。冷房が必須のこの島で、この時期だけはエアコンなしで過ごせる。

冬になり数少なくなる花の中でも、ハイビスカス、ブーゲンビリア、日々草などは勢いが弱まるものの、寒さの中でも頑張っている。針状の赤い丸いオオベニゴウカンが、この時期人目を引く。

モモは島にも慣れ、パッパの外出にはいつも自転車の前籠《かご》に陣取りご一緒する。村の人に声をかけられても知らんぷり。

「モモちゃん、村の人に声かけられたら、ニコッとするとか、尻尾《しっぽ》振るとか、ペロペロするとかしなさい。あのうさぎ犬、まったくのお愛想《あいそ》なしと陰口たたかれているわよ」

とマンマは苦笑する。

2016年2月7日、9時31分、Jアラート（全国瞬時警報システム）が流れた。冷静すぎる無感情な薄気味悪い声が。いつもは、これはー訓練でーす、これはー訓練でーすと繰り返すが、今回はそれがない。本物なのだ。頑丈《がんじょう》な建物に隠れるにも、その頑丈な建物が近くにない。パッパとマンマはモモを毛布でくるみ、頭に座布団《ざぶとん》を載せ、頑丈そうな柱にもたれ家で待機した。傍目《はため》には、さぞ滑稽《こっけい》に映ったことだろう。

「パッパ、なんの騒ぎ？」

「北朝鮮がミサイルを飛ばしたんだよ」

「ミサイルって？」

「人を殺す道具さ」

「何でそんなことするの？」

「人を信じられなくて、あの小ネコちゃんみたいに威嚇するんだよ。信じられないって、かわいそうだね。不幸だね」

「人間様は神様に気に入られ、いろいろなことを教わり、いろいろなことが出来るようになったんだよね？　それで、この星で一番偉い生き物様になったんでしょう？　ワタッチたち犬も、人間様にかわいがられ、いろいろなことを教わり、偉い生き物様になりたいさ。でも、仲間を殺す道具はいらないさ」

「モモちゃん、ありがとう」

いろいろ言い分はあるだろう。しかし、生き物の中で、生産性を与えられたのは人間だけである。慎《つつ》ましく生きるのであれば、他人を脅《おびや》かすことなく、他の動物を虐待《ぎゃくたい》することもなく、お互い労《いた》わり合いながら生きられるはずなのに。それが、天がかわいい人間に与えた慈《いつく》しみなのに。より多くを求めすぎて、醜《みにく》い争い、虐待を繰り返す。

余分に溜《た》め込んだものをあの世まで持って行くつもりなのだろうか。

この季節、朝の散歩の時間帯に、サトウキビ畑のざわめきも規則正しい潮騒《しおさい》も消えてなくなる一瞬がある。地の底からとてつもないエネルギーが噴き出し、辺り一面の騒音を呑み込んでしまうような、底知れない淋しさに似た静けさ。一切の動きが止まり、パッパとモモだけが浮いているような空間。両耳が栓で塞《ふさ》がれてしまったような。キーンという音と共に、深い底なしの闇に吸い込まれる。一瞬の出来事であるが、無言の無重力の空間に放り出されたら、宇宙飛行士が宇宙から地球を見た時、その神秘さに神の存在を感じずにはいられなかったように、神の存在を意識しない訳にはいかなくなる。

夜は少し肌寒いので、モモはパッパの毛布にもぐり込み体をピッタリくっつけ、自分の居場所を確保する。やはり、お母さんの温《ぬく》もりが恋しいのだろうか。時には閉じた目をクルクル動かし、喉《のど》の奥からウオッ、ウオッと奇声を発し、体をピクピク痙攣《けいれん》させることがある。きっとモモは夢を見ているのだろう。

「お母さん、ただいまー。お兄ちゃん、ただいまー」

「お帰り、三ちゃん。三ちゃん、お帰りー」

「ワタッチ、モモコという名前になったの」

「かわいいお名前だこと」

「ワタッチ、ずっとずっと遠い南の島に住んでいるの。パッパとマンマは、そこの島の歯医者さんなの。いつも一緒に遊んでくれるよ。だから、ちっとも淋しくなんかない」

「よかった、よかった。心配していたのよ」

「ワタッチ、お土産《みやげ》いっぱい持って来たよ」

「えー、何？　何、何？」

「あれー、何だったっけー」

モモは目が覚《さ》めた。まだ夜中のパッパの毛布の中だった。久々にお母さんに会えて、モモはとても嬉《うれ》しかった。夢の続きを見ようと、毛布にもぐり込みパッパの腕枕に頭を乗せた。

モモは毎晩、パッパに歯磨きをしてもらう。

「あっ、歯がグラグラしている。犬って、歯生え換わるんだったっけ？」

「そうよ。人間と一緒よ」

「モモちゃんも、だんだん大人になってきたんだなあ」

パッパは感慨《かんがい》深げに、記念にと、モモの脱落した乳歯を成長記録ノートにセロテープで貼《は》り付けた。モモの乳歯は一個残らず、ノートに貼り付けられている。

モモはだんだん成犬になっていく。ピンクだった肉球《にくきゅう》も黒ずんできた。でも、後ろ足上げオシッコのマーキングは止めようとしない。

「おっ、ここはまだ誰もマーキングしてないぞー」

モモは後ろ足を上げて、チュッ、チュッ。

「ここには赤い花を植えるぞー。ここにはふじのりんごのなる木を植えるぞー。ここにはソーセージのなる木を植えるぞー」

モモは、自分の欲しいものがマーキングのチュッチュッで、いつか生えて来ると思っているのです。

「だいぶ植えたぞー。生えて来るのが楽しみだなあ」

冬場、パッパは夜釣りによく出かける。月夜の晩で風が少なく潮が引いている時、リーフまで歩いて行って釣る。潮が満ちて来るまでの2時間、リーフをどんどん横に渡り歩きながら釣って行く。ミーバイ、バベ、イラブチャーなどの25センチ級の色とりどりのサンゴ礁《しょう》の魚がよく釣れる。サシミか唐揚げにする。唐揚げはモモも大好きだ。残りは酢漬けにして保存用にする。

「サシミは食べれんけど。唐揚げはうめーなあ。骨が全然気にならん。マンマさん、揚《あ》げ方じょうずだなあ」

「モモちゃん、褒《ほ》めてくれてありがとう」

湯船から零《こぼ》れるお湯を眺《なが》めていて、なぜかパッパはふと思った。青森の津軽で高校卒業まで過ごし、その後は京都、東京、横須賀、横浜と放浪が続いた。そして今、沖縄。当時流行《はや》っていた海援隊の「思えば遠くへ来たもんだ」の曲が、自然にパッパの口をついて出た。歌詞は全部知らなかったので、壊れたレコードのように「思えば遠くへ来たもんだ」のフレーズを繰り返すだけであったが。ある意味、かくも遠くまで来た自分の勇気を褒め称《たた》え、またそれとは裏腹に、未だに自分の落ち着きの無さを責めながら。

パッパを、こうまで見知らぬ土地に搔《か》き立てるものは何なのか。体の中に、放浪の遺伝子が組み込まれているのか。ルーツが気になり出し、数年かけて寺の過去帳、郷土史、口伝などを手懸《てが》かりに調べ上げた。

今から600年前北の果て津軽に、とてつもなく栄えた一族がいた。安東一族。蝦《え》夷《ぞ》（現在の北海道）の昆布などの海産物を津軽の十三湊《とさみなと》（現在の十三湖）に集め、それを日本海経由で船で運び、九州、琉球はおろか、天竺《てんじく》（インド）の果てまで交易に出かけた。パッパの一族も、その安東一族に連らなる。やはり、見知らぬ世界へ駆《か》り立てる遺伝子が、パッパの体の中にはあったのだ。

冬の沖縄の海では、アーサーという海藻が獲れる。汁物、そばなどに入れると、磯の香りがしてなかなか風味がある。しかし、沖縄の海は北海道に比べ、海藻の種類が少ない。まして、昆布は沖縄の海では獲れない。なのに、昆布は沖縄料理のだしの基本になっている。沖縄に来て、その不思議さに気づいた。

そう、きっとそうだろう。600年前、蝦夷の昆布が日本海を経由して船で運ばれ、琉球料理に根づいた。しかも、それを運んだのがパッパの一族。この驚くべき事実を知るために、パッパはこの島に遣《つか》わされたのかもしれない。

あまりの思いがけない展開に、パッパの胸は熱くなった。群青《ぐんじょう》の琉球の海を征《ゆ》く大型の木造帆船の先頭に、帆のはためきと同じ方向に、後ろで結《ゆ》った長い黒髪をなびかせた褌《ふんどし》一丁の若者が腕組みして立っている。目をギラつかせ、帆先の海を凝視《ぎょうし》している。その若者こそ、パッパのご先祖様かもしれない。いや、ご先祖様でなければならないと空想を膨《ふく》らましました。

春がきた

3月に入ると、今度は長袖、長ズボンをTシャツ、短パンに取り換える時期になる。3月から4月にかけて、18℃前後の一年で最も過ごしやすい「うりずん」と言う季節を迎える。うりずんの過ぎる頃から、気温がどんどん上がり、また冷房のお世話になる。

ツツジ、テッポウユリ、ゲットウなど、数え切れないほどの種類の花々が一斉に咲き誇り、島を華やかにさせる。

マンマはきれいな花を見る度に、モモと花の写真を撮る。

「きれいに撮れたー」

「マンマ、きれいなのは、どっち?」
「どっちも。モモちゃんのお見合い写真にいいねー」
「恥ずかしーい」

花々の甘い香りが風に乗り、蝶たちを誘う。蝶たちが盛んに舞い始める。この島に蝶が多いのには驚かされる。

大きな蝶は、オオゴマダラ、シロオビアゲハ、リュウキュウアサギマダラ、モンシロチョウ。小さな蝶はイワカワシジミ、リュウキュウウラボシシジミなど種類は枚挙《まいきょ》にいとまがない。しかし、何と言っても、オオゴマダラは別格だろう。日本最大級の蝶で、白地に黒いまだら模様が特徴である。オオゴマダラ様はさなぎの時から違うんだと言わんばかりに、さなぎは黄金色にキラキラ光っている。オオゴマダラの成虫は、赤ん坊の掌《てのひら》ぐらいの大きさになり、パフー、パフーと優雅《ゆうが》におっとり林から林へ高みを飛び交《か》う。

春には、アジサシ、アカショウビンなどの夏鳥がやって来る。南の島からやって来て、沖縄で繁殖し秋にはまた南の島に戻る。アカショウビンは全身が燃えるような赤い色をしたカワセミ類で、クチバシが真赤で長く、ピーキョロロー、ピーキョロロー と笛の音のような独特な鳴き方をする。飛び方も威勢《いせい》よく、まるで赤りんごがすっ飛んで行くようだ。

沖縄本島のヤンバルクイナは有名であるが、多良間島にもクイナがいる。胸元が白く、それ以外はヤンバルクイナそっくりであるが、一方は天然記念物で、片方はただの飛べない鳥。時々道路を横切ったりするが、肩身の狭い思いをしている。

しばらく経って気づいたことだが、この島にはカラスが一羽もいない。なぜだろうか。

「パッパ、何でこの島にはカラスがいないの?」

モモは不思議そうに、パッパに尋《たず》ねる。

「それはねー、モモちゃん」

とパッパはモモにカラスのお話をしてあげる。

「……『昔々のこと。鳥伝《とりづて》に、カモメの長老は、宮古島からカラスの大集団が移住して来ると聞きました。

「そりゃ、大変だ。暴れん坊のカラスたちに、住処《すみか》もエサも占領されてしまう。大変だ、大変だ」

心配のあまり、カモメの長老は食事も喉《のど》が通らなくなり、寝込んでしまいました。

それでも、それを防ぐいい方法がないかといろいろ考えました。

「これしかない。思いつくいい方法は、これしかない。仕方がない、やってみよう」

カモメの長老は泥の中に足を突っ込み、泥をゴシゴシ足の毛に摺《す》り込《こ》ませました。

とうとう、カラスの大集団がやって来ました。

「カモメさん、どうして泣いているんですか？」

カラスの長老が聞きました。

「えっ？　私がカモメに見えるのですか？　私はカラスですよ」

「冗談止《よ》して下さいよ。そんな小さくて白いカラスなんて、いませんよ」

「この島にはエサが少なくて、栄養失調で小さくなってしまいました。尊い黒い色も抜けてしまったんです。見て下さい。尊い高貴《こうき》な色の名残《なごり》を」

と言って、泥で汚れた黒ずんだ足を見せました。カラスの長老は驚き、

「失礼しました。我々と同じ仲間だったんですね」

「それに……、それに……。まあ言わない方がいいか。止めておこう」

「もったいぶらずに、話して下さいよ、白いカラスさん」

「それに……、それに……。この島の人間共はカラスの肉が大好きなんです。また、カラスの肝は万病薬だと言って、干して病気の時に食べるんです」

カラスの長老は、咄嗟《とっさ》に両手で胸を隠しました。

「おーい、皆の衆、この島はヤバイ。すぐ飛び立った方がいい。別の島へ行こう」

カラスの大集団は飛び去って行きました。カモメの長老は、ニヤニヤしながら足の泥を海水で洗い流しました。』とさ、おしまい」

モモはマンマに聞きました。

「マンマ、本当の話？」

「……？　でもなぜ、この島にはカラスがいないんでしょうね。本当に」

夕方5時になると、村内放送で童謡「夕焼け小焼け」のメロディが流れる。

ゆうやけこやけで　ひがくれて
やまのおてらの　かねがなる
おててつないで　みなかえろ

からすといっしょに　かえりましょう

子どもへ帰宅を促す内容だが、島にはおてらもないし、カラスもいない。誰と一緒に帰るんじゃ？　と天《あま》の邪鬼《じゃく》は言いたくなる。

スコールが上がり、日差しがどんどん強く照りつけ、アスファルトの水が蒸発する。道路の彼方は、まるで山頂の雲海のように霞《かす》み、幻想的《げんそうてき》だ。今日、モモはリードなしの散歩。実は、リードを忘れて来たのです。リードなしのモモは、どんどん駆《か》ける。必死に追うが、なかなか追いつけない。モモは立ち止まり、うさぎ耳をピーンと立てて、道路の側溝に警戒態勢を取っている。

「モモちゃん、どうした？」

「変な奴がいる。ワタッチを威嚇している」

ヤシガニが鋏《はさみ》をもたげ、少し捻《ひね》りを入れて攻撃態勢を取っている。

「モモちゃん、こいつは危ない。挟まれたら、足が千切《ちぎ》れちゃう」

間一髪のところで、パッパはモモを抱き上げた。

昔は島でもヤシガニが多く、よく食べたそうである。しかし今は、乱獲でその数が激減している。宮古島の郷土料理店で食べたことがあるが、味はタラバガニそっくりで、なかなかおいしかった。今は希少な生き物だから、あまり味に興味を持ってはなるまい。ヤシガニをカニと言うが、実は殻を背負わないヤドカリの仲間である。

この島には、上の子どもが下の子の面倒をみるという昔ながらの習慣が残っている。大して年齢が違わない子どもが、下の子を甲斐甲斐《かいがい》しく面倒をみている姿は微笑ましくさえある。

昔、地方には、アロマザリング、つまり母親以外による子育ての習慣がよく見られたが、今日ではほとんど消滅している。名残として、それがまだ島で見られる。

昔は、貧しくて必死に働かないと生きて行けなかった。子沢山の子どもまで手が回らなかった。やむを得ず、他に世話を委ねた習慣なのだ。貧しすぎて奪い合う物もなく、お互い力を合わせなければ生きて行けなかった。しかし貧しくはあったが、助け合う優しい心の豊かさがあった。

今はどうだろう？　昔ほど貧しくもなく、時間に余裕がありながら、心の豊かさが失われ、いじめ、育児放棄が後を絶たない。この島にアロマザリングが、いい意味で引き継がれ、心の豊かさが培《つちか》われている。すばらしいことである。

2007年4月、パッパとマンマは歯科医師として、多良間島に赴任した。当時、多良間村は全国市町村中、出生率が全国1位、子どもの虫歯罹患率《りかんりつ》が沖縄県1位の島であった。つまり、日本一虫歯の多い子どもたちのいる島と言っても過言ではなかった。

虫歯の予防教室のような毎日が始まった。スタッフ一丸となって取り組んだ。その甲斐あってか、2年目からは不名誉な沖縄県虫歯1位の汚名は返上した。

子どもには、歯科の診療台は痛みを生み出す器械のように見えるらしい。診療台に座らせることも、口を開けさせることも、まして治療することは至難の業《わざ》である。お母さんが必死に子どもと取り引きをする。帰りにお菓子を買ってあげるとか、オモチャを買ってあげるとか。その中に、

「がんばったら、モモちゃんをダッコしていい？」

と言う子が何人かいた。けいごくん、ここちゃんたち。マンマがモモを呼ぶ。

「モモちゃん、出番ですよー」

「ハーイ」

モモは待合室へ行き、ニッコリ尻尾を振る。やり遂《と》げた自信とモモをダッコできる嬉《うれ》しさの混ったけいごくんの笑顔が清々《すがすが》しい。人間より少しばかり高いモモの体温が、温《ぬく》もりだけではなく、けいごくんに安らぎまで与えているとは。モモも週数時間のお務《つと》めがまんざらでもなさそうだ。ごほうびに犬をダッコ出来る診療所は、世界中探しても、たぶんここだけであったろう。

道端《みちばた》で小学生から、

「歯医者の先生？　治療の予約したいんだけど……」

と声をかけられたことが幾度《いくど》かあったが、驚くべき変り様である。自分の歯に関心が高まって来た証拠であろう。

沖縄人の性格を言い表すのに、「なんくるないさー」という言葉をよく使う。陽気で控え目ということらしいが、パッパにはそうとは思えない。治療を通して感じることは、納得出来ないものは受け入れないという芯《しん》の強さである。陽気ではあるが、決して控え目ではない。しっかり信念を持っている。しばらく時間をかけ、様子を窺《うかが》っているだけなのである。

診療当初の子どもたちが、高校生になり島を出て行く。その前に、定診に来るようになった。自分の歯は自分で護るという自覚が芽生えた証《あかし》である。この子どもたちが父親になり、また母親になり、歯の大切さを子から子へと、きっと伝えてくれることだろう。

夏がきた

暑い暑い夏がやって来た。日中は30℃前後にもなり、モモには暑すぎて、アスファルトの道路をとても素足では歩けない。部屋でも、モモは風通しのいい板の間で寝そべっている。何せ、モモは毛皮を着ているのだから。

休みの日は、よく皆で海へ出かける。そして、一緒に泳ぐ。日差しが強すぎて、素肌だとすぐ日焼けしてしまうので、長袖、長ズボン着用で海に入る。

「モモちゃん、泳ぎ、うまいねー」

「まあね。犬だからねー。得意の犬かきだもん」

モモは体が冷えて、気持ちよさそう。浅瀬では、小さな青い熱帯魚が日差しを楽しんで群れている。

泳ぎに飽きて、リーフ近くまで行って貝を探す。サザエを3個見つけた。沖縄のサザエには、殻に角がない。本土の海に比べ、波が穏やかで岩にしがみつく必要がないからだろうか。思いがけない収穫に大満足し、海から上がる。

「モモちゃん、喉渇《のそかわ》いたねえ。ソフトクリームでも食べる？」

「うん、食べる、食べるー」

パッパは、真青な空に真白な入道雲がモクモクとソフトクリームのように盛り上がっている方を指差した。

「ちぇ、なーんだ。ずるいー」

「ドーナツ、ショートケーキ、パン、バナナ、何でもあるよ」

「ふーんだ。パッパ、ビール飲む？」

「えっ？」

「ほーら、あそこにビール雲」

体から水がポトポト落ち、アスファルトに人間2人分の大小のサンダルの足跡と、犬1匹分の足跡がリズミカルに楽しそうに続く。それがなぜか、とても大切なもののように思える。中間地点の八重山遠見台の森にさしかかる。

「展望台に登ろう。今日は天気がいいから、見晴らしがいいかもしれんぞ」

「おお、登ろう、登ろう」

「モモちゃん、ゆっくり、ゆっくりー」

6階の最上階まで一気《いっき》に駆け上がった。柵には、右、那覇、左、石垣と書いてある。

「モモちゃん、向こうがモモちゃんのお母さんのいる宮崎、そのずっと向こうが横浜」

「お母さーん、お兄ちゃーん」

モモの犬声が、真白な入道雲のソフトクリームに溶け込んで行った。

青空に　白い絵の具で　何描こう?

島で一番高い八重山遠見台が、海抜32メートルでしかない。東日本大震災級の津波では、ほぼ島全体が沈む。良い対応策がなさそうなので、全員分のセイフティジャケットを常備している。非常時には、これで浮いて救助を待つつもり。

遠見台の森の中に、大きなセンダンの木が2本、小さな白い花を付け、甘い香りを放っている。セミがその木に集中し、耳をつんざく大合唱をしている。センダンは、「梅檀《せんだん》は双葉《ふたば》より芳《かんば》し」という諺《ことわざ》にまでなっている、昔から親しまれてきた木である。大成する人は幼少の時からすぐれているとのたとえである。葉には防虫効果があると言われているのに、セミは平気な顔をしている。香りに誘虫効果でもあるのだろうか。

ピーロロー、ピーロローと、トンビが気持ちよさそうに大空を舞っている。その向こうに、出来たばかりの鮮明な虹がかかっている。

「モモちゃん、見て。虹」

「七色がきれーい」

モモは、初めて見る大空の七色の絵にキョトーン。

「パッパ、虹のタイコ橋の向こうに、何があるの?」

「何だろうね。きっと、モモちゃんの好きなものが、何でもあるんじゃない?」

食いしん坊のモモは想像した。赤い花のなる木、ふじのりんごのなる木、ソーセージのなる木、さらにドラゴンフルーツのなる木など、モモの大好きなものがぶら下がった木がある森を。

家に着く頃には、洋服もモモの毛もすっかり乾いていた。その晩は、遊び疲れて皆

ぐったり。モモは喉の奥から、ウオッ、ウオッと奇声を発し、体を痙攣させる。また夢を見ているのだろう。

「お母さん、お久しぶりです」

「あっ、モモちゃん。元気そうね。モモちゃん、どうしてるかなーって、いつも思ってますよ」

「本当?」

「本当、本当。モモちゃん、多良間島って、どんな所?」

「南の島だから、トロピカルフルーツがいっぱいあるよ。島バナナ、パパイヤ、グァバ、ドラゴンフルーツとか……」

「モモちゃん、果物、好きなの?」

「うん、大好き。ドラゴンフルーツが一番好き」

「変な犬ー」

「食後、パッパと一緒に食べるの」

「ふーん。お勉強してる?　お座りとかお手とか……」

「ううーん。パッパが覚えなくていいって。後ろ足上げオシッコもいいって」

「へえー。優しい飼い主さんだねー。モモちゃん、いい所にもらわれたねー」

沖縄は黒潮に囲まれているので、海洋の影響を強く受け、高温多湿である。そのため、植物の生長が非常に早い。

庭に素人《しろうと》でも育てられるようなネギ、オクラ、ゴーヤ、ナーベラなどの野菜を植えた。確かに野菜の生長は早いが、雑草の生長はもっと早く、雑草の中に野菜が隠れてしまう。それでも、2人と1匹には十分すぎる収穫である。ナーベラとはヘチマのことで、沖縄では若いうちに炒《いた》めものとして食べる。なかなかおいしい。夏バテに効くらしい。

5年前に植えた親指大の太さのグァバの若木が、大腿《だいたい》部並の太さになった。剪定《せんてい》もしないものだから、枝がどんどん伸び、終《つい》に平屋の屋根を越えた。大きい見事なおいしそうな実が生《な》るのだが、鳥のご馳走《ちそう》になってしまう。他にも庭で、島バナナ、ドラゴンフルーツが収穫出来る。桑の実は、年に3回も穫れる。隣りとの境のブロック塀《べい》に這《は》わしたパッションフルーツも実を付けた。隣人が枝葉や蔓《つる》がはみだしていても、とやかく言わないのがいい。こういう大らかさこそが、沖縄人の真骨頂《しんこっちょう》であろう。

魚の追い込みに誘われた。サンゴ礁には魚の通り道があちこちにあり、それがだんだん交わり、終には大きな魚の通り道となり、リーフの外に注《そそ》ぐ。追い込みは、その直前に網を張り、岸から海面を叩《たた》いたり、石を投げたりして魚を網に追い込む漁法である。イラブチャー、ミーバイ、おじさん（長い髭のある魚）などが獲れる。サシミにしたり、唐揚げにする。

「海の見える公園」には、水道、バーベキュー、シャワー、トイレの設備がある。そこで、泡盛を呑みながら、雑談しながら、サシミと唐揚げを食べる。特別に、三線《さんしん》の名手が多良間シュンカニを唄ってくれることになっていた。人頭税《じんとうぜい》に苦しんだ時代の多良間の民謡で、今なお唄い継がれている。赴任して来た役人と現地妻との別れの悲しき恋唄である。

お腹も膨《ふく》れ、泡盛で口も滑らかになった頃、咳払《せきばら》いを1つ2つして、やおら、おじーは三線を弾きシュンカニを唄い出した。その内容は、

前泊の道から、浜へ下りる

坂から、小道から、
ご主人さまの船を迎えます。
片手では子どもを連れて、
片手では瓶《びん》の酒を持って、
ご主人さまの船を送ります。
東に立つ白雲のように、上に立つ雲のように、
偉い方になってください。
ご主人さま。

ほろ酔いで霞んだ目に、海の彼方に、ご主人さまを乗せた蜃気楼《しんきろう》の白い船が浮いているように見える。
喜びの歌もある。しかし、悲しみの歌の方が遥《はる》かに多い。なぜ、人間は大昔からかくも悲しみを築き上げて来たのだろうか。戦いに明け暮れ、また多くの別れに出合い、

喜ぶことより、悲しむことの方が歴史的に多かったからだろうか。

沖縄の県花である真紅のデイゴが、しばらく目を楽しませてくれるが、夏の花はなんと言ってもサガリバナであろう。夜に咲き、朝には散ってしまう儚《はかな》い花であるが、月明りに照らされているサガリバナは神秘的ですらある。果して、何のために誰のために、夜咲き朝散るのだろうか。

島には蚊が多い。年中飛び回っている。外に出て、蚊に刺されないで帰れた例《ため》しがない。出口で虎視眈々《こしたんたん》と待ち構えている。露出している肌に限らず、Tシャツ、ズボンの上からでも、平気で刺す頑丈な針を持っている。夏の夕方、蚊退治に防虫車が現われる。ゴーン、ゴーンと村中に殺虫剤を散布して回る。実際効果があるのか、疑問の目で見ているが。ゴーンゴーン車が来なくなると、夏も終わりということになる。

アカショウビンと同じ頃渡って来たアジサシは、毎日飛行訓練に余念《よねん》がない。台風が来る前に、次の目的地に飛び立たなければならないからだ。

南の海で生まれた台風は、日本付近の太平洋高気圧の周りを回るように進むので、ちょうど沖縄辺りで北西から北東に進路を変える。この時勢力が大きくなり、スピードが遅くなるので、長時間沖縄に影響を与え続ける。台風は7~9月がピークで、年4回くらい、島直撃は1~2回くらいである。島には高い山がなく、遮《さえぎ》るものがないので、雨、風が凄《すさま》じい。嵐に漂《ただよ》う小舟を想像して欲しい。幸い、建物はほとんどが鉄筋コンクリート造りなので、家の中でじっと台風が過ぎるのを待つ。

台風は嫌われ者だが、台風は海の岩を洗う。それでアーサーの発育がよくなる。また、水不足の島に恵みの水をもたらす。島に来て初めて知った台風の優しさである。

秋がきた

秋と言えば、徒然草《つれづれぐさ》の「野分《のわけ》のあしたこそをかしけれ」を思い浮べる。秋の暴風雨が去った翌朝は、雨上がりの小道に紅葉が敷き詰められ、それが秋の風情、と相場が決っているものだが。しかし、島では紅葉が見られない。垣根の枝がひどく折れ、青い枝葉が道路に散乱し、後片付けに苦労させられるだけだ。少し涼しい夏、少し暖かい冬というニュアンスである。

モモが島に来て2度目の秋を迎えるが、元気そのもの。気に入らない相手には、人間だろうが、犬だろうが、ネコだろうが、車だろうが、真向《まっこう》から立ち向かい吠《ほ》え立てる。自分がチビッ子の犬だという認識がまるでないようだ。喜怒哀楽《きどあいらく》がはっきりしており、根は正直なのだろう。それがまたいい。後ろ足上げマーキングは、陣取り合戦のように衰え知らず。

モモはマーキングで、自分の好きなものをあちこちに植え付け、やがて芽を出し、大きくなるものと信じているかのようだ。とても楽しそうな表情をする。

モモは永久歯に生え換わり、やんちゃな成犬になった。家では、咬むとキュッキュッ音が出る丸いフワフワがお気に入りで、飽《あ》きずに放っては咬み、咬んでは放って遊ぶ。独り遊びに飽きると、フワフワを持って来て、パッパに放れ、と催促《さいそく》する。

「パッパ、遊ぼう。フワフワ放り投げてー」

「今、手離せないから、独りで遊んで」

「ヤーダ、放ってー、早くー」

遊んでくれないと、許さないぞというような厳しい目をする。

モモにとって、フワフワ遊びは、ジャングルから怪獣が出て来るかもしれない、またいつ何時海賊が現われるかもしれない、その時機敏《きびん》に立ち向かうための訓練なのだ。

9月には、「八月踊り」が行なわれる。その起源《きげん》は、過酷な人頭税を完納した祝いであると言われている。当時、成人は粟《あわ》や上布《じょうふ》を上納することが求められていた。苦労の末に納めた人々は、その喜びと感謝を御嶽《うたき》の神に報告し、翌年の豊穣《ほうじょう》を祈り、神前で奉納踊りを舞ったとされている。3日間にわたり村が沸き返る。1ヶ月も前から、舞台制作、衣装の点検、踊りの練習が開始される。大人から子どもまで村人総出で、夜遅くまで準備に余念がない。練習の三線の音色が静かな島の闇夜に響き渡る。

11月になると、「たらま島一周マラソン」が行なわれる。23・75キロハーフマラソンで、平坦で走りやすい外周道路がコースである。サンゴ礁から吹き寄せる爽《さわ》やかな海風に後押しされ、サトウキビ畑のザワめきに心地よいメロディを聴き、放牧されている牛たちヤギたちのキョトンとした表情におかしさを堪《こら》えながら走る。

和《なご》やかな大会で、ゴールは小学校グラウンド1周で終わるが、その間ジョークがマイクから飛び交う。

「歯医者の先生、頑張って。奥様は、だいぶ前にゴールしましたよー」

パッパは、顔を真赤にゴールすることになる。23・75キロ走り切って、体が紅潮しているので、そのジョークがパッパの顔を赤くしたかどうかは、傍目には判らないが。

西表島《いりおもてじま》の知人から誘いを受けていたので、パッパとマンマとモモは、さらなる南の島巡りに出ることにした。西表島は、日本の南西部にある八重山列島の中で一番大きな離島である。イリオモテヤマネコの生息地、マングローブの林、星がきれいに見えることで有名である。２０２１年、世界自然遺産に登録、また星空保護区に認定されている。

石垣島からのフェリーが南国特有のエメラルドグリーンの海の波を小気味よく切り、一直線に西表島を目指す。モモは爽やかな潮風に毛をなびかせ、薄目で遠くを見つめる。

「モモちゃん、左の島が黒島《くろしま》。ウミガメ、牛がいっぱいいる島だよ」

「ふーん。そう？」

「正面の島が西表島。ここから見えないけど、その先が与那国島《よなぐにじま》。そのずっと向こうが台湾、もう外国だよ。そのずっとずっと向こうが地中海。モモちゃんのご先祖様の国」

「ご先祖様って？」

「モモちゃんのひぃひぃひぃひぃ……おじいちゃん、ひぃひぃひぃひぃ……おばあちゃんのこと」

「そうか、ワタッチのご先祖様は、そんな遠くから、この海を渡って日本に来たのか。そうか、そうか、すごいなあ」

パッパは感慨《かんがい》深げなモモをダッコし、乱れた頭の毛を整えてあげた。

「モモちゃん、あの木がマングローブ。根っこがタコの足みたいになっている。おもしろいねー」

「パッパ、ワタッチ、タコ見たことなーい」

「今度、タコ獲った時見せてあげる」

八重山には、島人《しまんちゅう》に愛されている「八重山そば」がある。小麦粉100パーセントの細麺で、豚骨、カツオ、昆布ダシである。パッパは感慨深げである。

「うーん。北海道の昆布が、ここまで来て根付いていているのか……」

沖縄の豚肉は実においしい。それぞれの部位を巧《たく》みに調理し、その旨《うま》みを引き出している。沖縄では、頭から足まで、鳴き声以外全部食べると言われているが、耳も足も三枚肉も実に旨い。モモも大好きである。ガザミ（マングローブガニ）は、タラバガニ、毛ガニとは違いシンプルな甘味がする。

夜、海辺の砂浜に寝ころがり、星空を見る。濃紺の夜空に天の川の光の帯が横切っている。夜の闇の世界だが、小さな星の瞬《またた》きがあるだけで、幻想の世界に変る。２人と1匹は、この神秘的な夜空を独占している贅沢《ぜいたく》な気分になる。イリオモテヤマネコには会えなかったが、初めて目にするものも多く、食べ物もおいしく、モモにとって、日本の広さを感じる旅になったろう。

多良間島で、魚を獲って商売している人が、３人いる。船で沖に出て、イソマグロ、サワラ、アオリイカを獲っている漁師と知り合いになった。船に乗せてくれると言う。早朝、パッパはオニギリを持って船に乗り込んだ。糸を流し、疑似餌《ぎじえ》で釣る。しばらくしてイソマグロが掛かった。船の上でそれをさばいて海水で洗い、そのサシミをおかずにオニギリを頬《ほお》ばる。今まで経験したことのない食事スタイルだ。大きく揺れる船上で、潮風を受け、波飛沫《しぶき》を被《かぶ》り、海水の塩気のある獲りたてのプリプリしたサシミを食べる。サシミって、こんなに旨いものだったかと考え直してしまう。

２人とも極端な無口、それでかえって気が合う。船頭は前方の鳥山を見据えて操舵《そうだ》する。パッパは軍手に糸を巻き、針の流れていそうな所に目を置き、時々糸をたぐり

寄せて魚の反応を確かめる。獲物が掛かると、

「来たー」

と叫ぶ。船頭は船を止める。パッパは糸を緩めないように、ゆっくりたぐる。夕方までにサワラ6本を上げた。

今夜は月夜で、絶好のアオリイカの釣り日和《びより》なので、漁港でカップラーメンの夕食を取り、引き続きアオリイカを狙う。夜を待つ間、無口同士であるが、ちんぷんかんぷんの取り留めのない世間話に興《きょう》じる。

いくら釣り好きとは言え、朝からの釣りでくたくたになった。8時で上がることにした。釣りの成果は、イソマグロ2本、サワラ6本、アオリイカ3本であった。

サワラは、サシミよし、塩焼きよし。アオリイカは、咬めば咬む程甘味が増す。

パッパは今までヤリイカ専門であったが、今はアオリイカ専門になった。

実は、多良間村は、多良間島と8キロ離れたサツマイモの形をした水納《みんな》島の2島からなっている。

水納島は多良間島の十分の一程度の面積の島で、多良間島との間の海底の岩礁《がんしょう》には、大型の魚が多く生息しているらしい。60センチ級のミーバイを釣ったこともある。

水納島には、かつて小学校もあったが、今は兄弟2人とその母親1人の3人だけが住む島になっていて、数えきれない程の牛を飼育している。

その兄弟が治療に来ていたので、パッパは聞いてみたことがある。

「水納島は、魚釣れますか？」

「釣ったことがないので、釣れるかどうか判りませんが、釣る人がいないから、たぶん入れ食いだと思いますよ。イセエビも沢山いると思います」

との返事であった。

真夏だけは、暑すぎて野菜が育たないが、他のシーズンは、何かしらの野菜が採れる。カボチャ、キャベツ、ニンジン、ダイコン、オクラ、ゴーヤ、ナーベラ、トマト、ラッキョウ、紅イモなど。若干は島外に出しているが、コストがかかりすぎて商売にならないらしい。

ドアのノブに野菜の入った袋がぶら下がっていることがある。初めは、名前が書いていないので、お礼のしようがなく困惑したが、その日治療に来る患者さんだったり、いろいろ気遣《きづか》いしてくれる人だったり、とだんだん誰からか判るようになった。非常に奥ゆかしい人たちだ。

冬場だけは、果物も採れないが、他のシーズンは何かしらトロピカルフルーツが採れる。パッションフルーツ、グァバ、マンゴー、島バナナ、シャカトウ、パパイヤ、ドラゴンフルーツなど。

島バナナは皮に黒い斑点が出始める頃が食べ頃で、小振《こぶ》りだが甘みが強く大変おいしい。シャカトウはお釈迦様の頭の形に似た果物で、白砂糖をまぶしたような味がする。パパイヤはほぼ野生化しており、植えなくとも知らぬ間に生えてくる。青い時は野菜として、黄色くなった時は果物として食べる重宝な食べ物である。ドラゴンフルーツはサボテン科の果物で、皮は赤いが、果肉には白いものと赤いものとがある。赤い方が、一回り小さいが、甘みが強い。ドラゴンフルーツは、トロピカルフルーツの中でも甘みが少ない方で、どちらかと言えば、無味に近い。どういう訳か、モモの大好物である。口の周りを真赤にして喜んで食べる。ドラゴンフルーツを見ると、お座りして尻尾を振りおねだりをする。

「ちょうだい、ちょうだい、早くー」

多良間に来るに当たっては、越えなければいけないハードルがかなりあった。パッパは元来捨て身を得意とし、現状の喜びより未知への憧れに興じるを良しとする。しかし、マンマにしてみれば、そう簡単には行かない。全力投球して来た歯科医院であり、患者さんとの信頼も出来上がり、社会的責任もあり、閉院するには忍びない。また、末っ子がまだ大学生であり、4人の孫もまだ小さく、マンマの助けが必要。一人娘は結婚適齢期、とためらう要件が多々あった。

歯科医院を持続するも、また多良間のへき地歯科医療に従事するも、それぞれ意義のあることで、優劣はないが。

パッパは一計を講じた。

「多良間は交通の便が悪いから、行くとしたら、車の免許を取って、車を持って行った方がいい」

これが赴任を加速させた。車の免許を取るタイミングを逸して、運転が出来ないのを不満に思っていたマンマに火を付けた。早速自動車学校に通い、免許を取った。行き掛り上、車も買いに行った。その場で、ビートルの特別仕様車に決めた。実はこれは、パッパが欲しいと思っていた車種だった。これが平和裏《へいわり》に多良間島に赴任出来た

理由である。しかし、この島は、大昔神事の占《うらな》いで、1ヶ所にまとまって住むべしとのご神託《しんたく》があったらしく、住宅は1ヶ所に集中している。せいぜい100メートル圏内で用が足りてしまう。車の出る幕がない。

車の出番は、歯科検診で500メートル程離れている中学校、幼稚園に行く時ぐらいである。責任上、たまに行く外周道路のドライブには、パッパとモモが一緒に付き合っているが、島人たちは初心者と判っているので、マンマの車が近づくと止まって脇に寄ってくれる。

一緒に夜釣りに行く相棒に、パッパはモリ突きに誘われた。ボラの胃には、そろばん玉の形をした膨らんだ壁があり、それを塩焼きで食べると、コリコリ歯ごたえもよく、とても旨い。それと同じそろばん玉のある10センチ位の魚が、サンゴ礁で群れているという。スズメダイの幼魚に似ていると言う。

初めてのモリ突きなので、思うようにならない。夢中で群れを追いかけ、ふと気がついたら、足の届く岩場がない。犬かきで懸命に浅瀬を目指したが、一向に進まない。むしろ、少しずつ沖に流されている。知らぬ間に離岸流《りがんりゅう》の流れが速くなっていたのだ。

モリを捨てて必死に泳いだが、力が尽き、頭がもうろうとして来た。フワーと、とてもいい気分になって来る。これはヤバイと思い、正気に戻ろうとするが、もうどうでもよくなって来た。ああ、このまま、あの世とやらに行くのかと思った瞬間、ゲボッと咳《せ》き込んだ。海水が気管に入ったらしい。

「おーい、おーい」

とパッパはありったけの大声で相棒を呼んだ。相棒はパッパの危険を察知したらしく、大急ぎで駆けつけてくれ、手を差し延べてくれた。

「大丈夫か？　大丈夫か？　モリ、どうした？」

「……」

パッパは面倒臭かったが、モリを捨てた辺りの海面を指差した。パッパは相棒の腹立たしい一言に憤慨《ふんがい》したが、その憤慨のエネルギーで、足の届く岩場に辿《たど》り着くことが出来た。少しして、相棒が笑顔で戻って来た。

「あった。モリ、あった」

「……」

モリの大発見が、とても嬉しそうだった。苦心して作ったモリかもしれないが、あんまりではないか。

パッパは岸に上がり、砂浜で両手で足を抱《だ》きかかえ、息を整えた。西の空は、夕日で真赤に染っていた。

「西方浄土とは、あの夕焼けの向こうか？」

西方浄土が、とても身近に感じられた。危険の中で、気が抜け、もうどうでもよくなり、楽になる瞬間がある。正気に戻ろうとしても、戻る気が起こらない瞬間がある。これが続いた時が、あの世への旅立ちなのかもしれない。

「歩いて帰る。じゃーなー」

パッパは相棒に捨て台詞《ぜりふ》を残し、濡《ぬ》れた洋服を入れたビニール袋をだらりと肩にかけて、歩き始めた。後ろを振り向くと、夕焼けに染ったアスファルトに延々と、濡れたサンダルの足跡が続いている。それが、生きている証のように思われ、パッパは早くマンマとモモに会いたくなり、足を速めた。

トラちゃんのこと

モモがパッパとの夜明けの散歩に慣れた頃、エサ場に顔が傷だらけの図体《ずうたい》の大きな茶トラが姿を見せるようになった。どういう訳か、若ネコたちに体良《てい》くあしらわれ、エサにありつけない。そんなことが続いたので、かわいそうになり、パッパはエサで家の裏口まで誘導した。そして、そこでエサをあげることにした。茶トラにちなんで、トラちゃんと名付けた。朝夕、毎日来るようになった。

朝、トラが食事している時、マンマが洗濯物を干しに出て来た。

「トラちゃん、おはよう。いっぱい食べてね。トラちゃんの大好きなサシミもあるでしょ？」

「おはようございます。サシミ、とてもおいしいです」

「トラちゃん、その鼻の傷、どうしたの？　血が出てるわよ」

「居眠りしていたら、イタズラネコに突然引っかかれたんです」

マンマは傷を消毒してやり、頭をナデナデしてあげました。

「トラちゃん、ダンボールのお家に、毛布敷いてるから、良かったら、そこに寝て。トラちゃんのお家だから」

「ありがとうございます。でも、あまりご迷惑かけられませんし……。モモちゃんが嫌がるし……」

「トラちゃんは、何歳になったの？」

「何歳かな？　はっきり覚えていませんが、だいぶ前に3歳になったので、今はいっぱい歳です」

トラは、久々のナデナデに、気持ち良さそうに目を閉じていた。

「あれー。ねえ、パッパ、トラちゃん、前足の爪がない」

マンマは驚きの声を上げ、パッパを呼んだ。

「そうか、これで判った。エサにありつけないことも。いつも傷だらけでいることも」

トラは元々飼いネコだったのだ。家ネコにする時、子どもや家具が引っかかれないようにするため、前足の爪を抜く手術をすることがある。何らかの事情で、トラだけが島に取り残された。前足に爪のないネコが、独りで島で生きて行くために、エサを確保するのは、大変なことだったろう。

トラは非常に礼儀正しい。きちんとお座りしてゴハンを待ち、食べ終わっても、お座りして頭を垂れる。まるで、お礼を言っているかのように。

「トラちゃん、もう、ごちそうさま？　また夕方食べに来て下さいね」

「ありがとうございます。また夕方来ます」

トラは申し訳なさそうに、ゆっくり帰って行く。

モモが窓越しに吠え立てるので、マンマは、

「モモちゃん、トラちゃんと仲良くして。うちの外ネコちゃんなのよ」

「やーだ。あいつ、嫌い」

「どうして？」

「あいつ、弱虫だー。いつも鼻引っかかれてる」

「モモちゃん、トラちゃんは爪がないの。だから、ケンカしても勝てないの」

「咬みつけばいいじゃん」

「犬は咬みついてケンカするけど、ネコは爪でケンカするものなの」


秋と言えば、紅葉、柿、赤トンボを連想するが、島では紅葉を愛《め》でることもなく、また色づく柿の実を見ることも叶《かな》わない。その分、赤トンボの数が多く、その穴埋めをしてくれている。

秋空に　ところ狭し　赤とんぼ

トラが我が家の外ネコになって、この秋で2年目を迎える。トラの腹時計は正確で、10分の狂いもない。1日2回、その時間にそっと来て食べ尽し、皿をきれいになめ回してまたそっと帰る。しかし、この秋に入って、ゴハンを残すようになった。大好物のサシミは残さず食べていたが、それも残すようになった。定刻には決って現われるが、食べずに帰る日が続いた。

「トラちゃん、具合が悪いのかも知れない。ゴハン食べない。大好物のサシミも食べなくなった。宮古島の獣医さんの所に連れて行った方がいいなあ」

「それだったら、今度の日曜日にでも。獣医さんに連絡取ってみるわ。飛行機は恐がるかも知れないから、フェリーの方がいいかもね」

用事で外に出たら、向いの小学校でトラを見かけた。裏階段のコンクリートのたたきに前足をきちんと揃え、しゃきっと背を伸ばし、薄目で遠くを見つめていた。その方角は職員室で、何かを必死で想い出しているようだった。その姿が、あまりに神々《こうごう》しくて、声すら掛けられなかった。そうだ、きっと。学校の先生がトラを飼っていたのだ。休みの日に、トラは何度か学校に連れて来られたことがあったのだろう。

一瞬目を離した隙に、トラの姿が消えた。パッパは今見つけないと、もう二度と会えない気がして、辺りをくまなく探したが、どこにもいない。とうとう見つけることが出来なかった。動物は自分の死に様を見せないと言うが、それなのか。これが、トラを見た最後になってしまった。

トラは食事が出来ないにもかかわらず、朝夕2回も通い続け、ゴハンの前で礼儀正しく頭を下げていた。それは、パッパとマンマとモモに対する彼なりのお礼とお別れだったのか。

「モモちゃん、嫌な思いをさせたね。ごめんな。今度生まれて来たら、仲良くしようぜ。パッパさん、マンマさん、いろいろご親切にして頂き、ありがとうございました。ご恩は決して忘れません」

我が家の外ネコになって2年だが、トラは、その間少しは余裕を持って生きられただろうか。飼い主との楽しい想い出を背負って旅立てただろうか。わずか2年だが、パッパとマンマとモモのことも想い出の一つに加えてくれただろうか。小学校でトラを見失ってからもパッパは何日もの間、朝夕トラのゴハンを用意し続けた。食べ主のいないゴハンにアリが群がり、それを片付けるのがとても辛そうだった。パッパは、トラがこの世にいないことを認めたくなかったのだろう。しかし、やがて、パッパは黙ってトラちゃんの食器とお家を片付けた。

モモちゃんの四国遍路

あと2ヶ月で、モモは2歳になる。どこへでも一緒に行くので、大概の乗り物は経験したが、寝台列車にはまだ乗ったことがない。

「モモちゃん、寝台列車に乗って、一緒に四国のお遍路に行こうぜ」

「いいねえ。四国は、おいしいものある?」

「ある。ある。沢山ある。果物がおいしい、魚もおいしい、お菓子もおいしい。特にカツオのタタキがおいしい」

「ワタッチ、トラじゃなーい」

「歩くの大変だけど、いろいろな自然が見れて、楽しいと思うよ」

「えっ、歩くの?」

「車の方がいい?　マンマの運転になるけど」

「ノー、ノー。歩く方がいい」

5月10日、飛行機で沖縄から東京へ。横浜から、夜行寝台列車サンライズ瀬戸で坂出へ。初めての個室寝台に、しばらくは耳を立て車窓の景色やレールの音を窺《うかが》っていたが、単調な動きに安心し、丸まって寝入った。飛行機だと、モモはケージに入れられて貨物室へ連れて行かれるが、個室寝台だとずっと一緒にいられるので安心である。次の朝、予讃線で西条へ。

四国霊場60番札所横峰寺《よこみねじ》を目指す。横峰寺の境内は石楠花《しゃくなげ》で有名な所であるが、以前山道で、それは見事なヤマツツジの満開に出合った。それを、モモに見せたくて、満開に出合った同じ時期にやって来た。

『一つ目の山を越え、二つ目の山の尾根道に差しかかった。ついつい立ち止まってしまった。あまりの見事さに。こんな所、歩いてもいいのだろうか。右の彼方には、光り輝く瀬戸内海を見渡せる。左の彼方には、西日本最高峰の石鎚山を望む。細い尾根道の両側には、今盛りの薄桃色のヤマツツジが30メートル程続く。時おりの小さな風に、錦《にしき》の扇の舞のように一斉に靡《なび》く』と、その時の感動を記した。期待に違わず、今回も見事なものだった。

「モモちゃん見て。きれいだ」

「そうだねー。でもパッパ、花より食い気。お腹空いたー」

寺の境内に至る最後の山道の登りで、リードを外してモモを自由に歩かせた。しばらく行くと、モモが突然うさぎ耳をぴーんと立てて立ち止まり、身構えた。その先を見ると、上の方から黒い丸い物が下りて来る。パッパはモモを抱き上げた。よく見ると、その黒い物はタヌキであった。タヌキはパッパの傍をどいてどいてと言わんばかりに、靴すれすれにトコトコ通り過ぎて行った。

「えー、何、これー。モモちゃん、これータヌキ。本物のタヌキだよ」

「ワタッチ、びっくりしたー。タヌキ、初めて見たー」

こんなこともあるのだ。タヌキは何か考え事をしていて、人間も犬も眼中になかったのだろう。遅れて登って来ているマンマにメールを送った。

「タヌキ、下って行く。ホンモノ」

すぐ既読になったので、マンマは気付いたが、タヌキに遭遇《そうぐう》していない。

「判った。こうだ。こうするのが一番いい」

とタヌキは自分の考えをまとめ、小道をそれて一目散に家に急いだのだろうか。

花と言えば、やはり桜。桜と言えば、やはり山桜。その見事な山桜が、四国中央市にある馬場の桜。別格13番札所仙龍寺《せんりゅうじ》と65番札所三角寺《さんかくじ》の遍路道沿いに鎮座《ちんざ》している。仙龍寺の裏山を息を切らしながら一直線に1時間半登ると、やがて杉林に入る。その林を登りつめた所に、ひっそりと独《ひと》り佇《たたず》んでいる。

幹周囲6メートル、樹高22メートル、南北の枝張25メートル、樹齢200年以上の愛媛県内随一の巨木の桜である。エドヒガンという野生種で、花は一重《ひとえ》の半開。幹が大きく2つに分かれ、大空に枝をいっぱいに広げ、極薄い紅の小さな花が控え目に周りに溶け込んでいる。美の極致を感じさせる美しさである。

「モモちゃん、見てー。きれいだねー」

「パッパ、枝が、おいで、おいでしてるよ」

「私たちだけで占領して、申し訳ない」

2人と1匹はその美しさに我を忘れ、しばらく見惚《みと》れていた。

別格2番童学寺《どうがくじ》から12番札所焼山寺《しょうさんじ》に向う道端に、保護犬を1ヶ所に集めている所がある。人が近づくと、40、50匹の犬が一斉に吠《ほ》え立てる。1つの檻《おり》に、2、3匹ギューギュー詰《づ》めに入れられている。すぐそばの橋のたもとからも吠え声が聞えてくる。それも2～3匹ではない。

いつもは、犬と向かい合った時、いの一番にモモの方から吠え立てるのに、あっけに取られている。モモの目を隠そうとしているパッパの手をかいくぐって首を伸ばし、その光景に見入っている。

「パッパ、何で急ぐの？　何でワタッチの目を隠すの？　ワンちゃんたち、檻を出たいって。お腹空いたって。パッパー」

パッパは、人間が犬たちにしている身勝手な仕打ち、虐待《ぎゃくたい》に、人間の一人として、モモに堂々と答える言葉を持っていない。

「ひどい、何てひどいことを」

モモは悲しそうな表情を作った。

パッパはモモを慰める、また自分を慰める言葉もなく、辛そうに、辛そうなモモの頭をナデながら、左に鮎喰川《あくいがわ》を見ながら上流を目指した。せっかく春を待って咲いた花々も、せっかく春を待って芽を吹いた若葉も、パッパとモモには生気《せいき》のない枯れ山水のようにしか映らなかった。

　　風かおる　遍路をうつす　青田かな

　別格18番札所海岸寺《かいがんじ》のある多度津《たどつ》は、古くから瀬戸内海航路の要所であった。憧《あこが》れの京を目指す四国の人が、決意を新たにふる里へ別れを告げた最後の港でもあった。また、空海の母、玉依御前《たまよりごぜん》のふる里とも言われ、海岸寺には空海を出産した時の産《うぶ》湯《ゆ》の井戸、近くの仏母院には空海のヘソの緒を納めた胞衣塚《えなづか》がある。

　真偽はさておき、多度津の海岸線は両手を広げたように続き、遮《さえぎ》るものがない。対岸の本土の児島半島の山並みもそれに対照する。瀬戸内海の海域の幅は比較的狭く、通る船を見落とすことがない。青い海が沖に向かうにしたがい緑色に変わり、光り子たちが跳《は》ねているように、白うさぎたちが跳ねているように、キラキラと白波が浮き沈みする。そして、所々に大小さまざまの島が、風除《よ》け波除けのように佇《たたず》む。

　今でも目を見張る風光明媚《ふうこうめいび》なのだから、空海の少年の頃の多度津はいかばかりであったろう。

玉依御前の実家は、兄弟に桓武天皇の伊予親王の侍講を務めた当代一流の学者、阿刀大足《あとのおおたり》を輩出するなど、知的な家柄である。

玉依御前も学識があり、とても優しい女性であったろう。そんな母親に、そんな土地柄に、少年空海は慣れ親しんだことだろう。そして、いろいろな話をせがんだにちがいない。

「母上様、浜に散歩に参りましょう。また、いろいろお話を聞かせて下さい」

「そうですね。日和《ひより》もいいし、参りましょう」

「真魚。あなたの名前は、誰が付けて下さったと思いますか?」

「存じません。魚などと、変だとは思っていますが」

「京の大足様なのです。おじ様は、大きな魚に跨《またが》った子どもの夢を見られたそうです。もし男の子だったら、真魚《まうお》と名付けなさいとお便りを下さいました。本当は真魚《まお》ではなく真魚《まうお》なのです。大きい大きい魚という意味なのですよ」

「大きな魚に跨った子どもとは、一体どういうことなんでしょうか?」

「それは人に聞くようなものではありません。ご自分で考えることなのですよ。真魚」

「あっ、母上様、あの赤く着飾った船は何でしょう」

「唐の都へお勉強に行く人たちを乗せた遣唐船ですよ」

「唐？」

「唐の都の長安には、遠い国から文化やいろいろな物が集って来るそうです。色の白い人も黒い人も、髪の毛の茶色の人も灰色の人もいるそうですよ」

「行ってみたいなあ」

「大きな魚に跨って、行ってみたらどうです？」

長じて真魚は母親譲《ゆず》りの優しさを慈《いつく》しみに昇華《しょうか》させ、物事を学ぶことに関しては決して妥協しない一途《いちず》な青年になった。


18歳で大学に入ったが、自分の目指すものとは馴染《なじ》まず、意を決して大学を辞めてしまう。忽然《こつぜん》と歴史の舞台から姿を消してしまう。いわゆる「空海の知られざる7年間」である。

慈しみの対極に憎しみが、善の対極に悪がある。空海とて人の子、慈しみの感情が人一倍強いとは言え、時には憎しみ、悪の感情が頭をもたげ、自分を失いかけることもあったにちがいない。一途な空海は、それに耐えられなかったであろう。自分の弱さに立ち向かうには、強靱《きょうじん》な思考しかない。空海は7年間、海、山を彷徨《さまよ》い、命がけであらゆる荒行《あらぎょう》に身を投じたにちがいない。ようやく、自分の弱さを封印することが出来たのであろう。

そしてまた忽然と歴史の舞台に登場する。しかも今度は、燦然《さんぜん》と輝く歴史の晴れ舞台である。

804年、空海は遣唐船に乗り中国に渡る。それ以降の空海の活躍は周知の如くである。密教の教義、仏教書、文学、書、漢詩、更に土木、薬学に長じ、数々の業績を挙げたら枚挙にいとまがない。その業績があまりに人間離れしており、歴史家たちにとっては垂涎《すいぜん》の的であり、とうとう禁じ手として「天才」という言葉を奉じた。しかし、空海は、

「私は天才なんかでは決してない。人一倍努力してその真実に近づいただけだ」

と泉下《せんか》で苦笑していることだろう。

修行時代から、空海の行く先々に母、玉依御前の姿が見え隠れする。終には、空海が高野山に真言密教の道場を開くが、女人禁制のため入山出来ないので、玉依御前は

麓《ふもと》に庵《いおり》（慈尊院）を結んで空海を待った。そこに空海は月のうち9回（九度）も、21キロの山道を下山し母親に会いに来たという。そのことから九度山という地名になったと言われている。

母親は、空海の子どもの頃から好きだったご馳走を作り、積もる話を夜が明けるのも忘れ話し合ったであろう。空海にとって、玉依御前は母親ということのみならず、最大のよき理解者で、常に励まし続けてくれた大恩人でもあったのだろう。

海岸寺の隣りが公園になっている。公園から海岸に下りてみた。

「モモ、おいで」

「あー、気持ちいいー」

春がすすみ、海の水もだいぶ弛《ゆる》んできている。モモはザブーと寄せて来る波から、いつもは逃げようとするのに、ここでは逃げようともせず、気持ちよさそうに、波が疲れた足を洗うのにまかせている。

さっきから、このようなのどかな春の海を詠んだ与謝蕪村の句を思い出していたが、やっと口から出た。

春の海　ひねもすのたり　のたりかな

真魚少年はお母さんと手を繋《つな》ぎ、寄せて来る波からキャーと逃げたり、返す波をヨーシと追いかけたり、きっと楽しい日々をここで過ごしたにちがいない。手を繋《つな》いだ真魚親子が向こうから現われても、なんら違和感を覚えない、時空を越えた佇《たたず》まいである。

特に優しさは、母親から受け継がれることが殊《こと》の外《ほか》多く、優しい母親を持った子は幸せである。また、誰もが才能、あるいは潜《せん》在《ざい》的可能性を秘《ひ》めているが、それを発《はっ》揮《き》できることは、これまた幸せである。

遍路犬のモモは、時々ダッコ、時々歩きを繰り返し遍路を続けた。モモは、四国の豊かな自然を感じ取ってくれただろうか。この地球のすばらしさを判ってくれただろうか。

賭《か》けに勝ったマンマは、ごぼうびに車で遠出をしたいと言った。島では車を運転する機会が少ないから、運転の腕が上がらないのだと言う。

「どうせなら、会いたい人がいるから、四国の帰り、レンタカーで長崎を回ろう」

「パッパ、本当？　本気？　イヤダー、マンマの運転、怖ーい」

こういう経緯《いきさつ》があったので、帰りは四国から九州入りすることにしていた。

長崎から、マンマ運転のレンタカーに乗り込んだ。佐世保で歯科大同期の友人と会い、カキ小屋で昼食。おいしいカキ焼きであったが、モモは不満、

「お肉、ないじゃん」

平戸に向かい、平戸湾を見下ろせるペット宿泊可の老舗料亭《しにせりょうてい》へ。２組の夫婦と同時に会う。１組は、パッパが中退した薬科大の同期、その奥さんはマンマと同郷。もう１組は、歯科大の同期、その奥さんはマンマの勤務時代の専属の歯科衛生士さん。更に主人同士は、幼馴染《おさなな》《じ》みで小中高の同級生という間柄である。大いに盛り上がり、話が弾《はず》み、事前に頼んだ長崎名物の旬のクエ鍋を煮込ませてしまい申し訳ないことをした。モモはパッパのあぐらの中で、ぐっすり運転の怖さを癒《いや》した。

朝、カーテンを開けて驚いた。高台から見下ろせる平戸湾に霞がかかり、正に靄《もや》の向こうから、宣教師を乗せたポルトガルの帆船が現われて来そうな光景であった。

博多に向かい、四国、九州の旅を無事終え、帰島。

「ああー、疲れたー」
「ああー、車疲れたー」
「ああー、車怖かったー」

カジキ釣り

パッパとマンマが多良間に着任して早々、モモが島に来る10年前の話になるが。パッパは、釣り人憧れの豪快《ごうかい》なカジキ釣りに挑戦したことがある。

日本各地で、カジキ釣り大会が開催されている。カジキ釣りの魅力は、他の釣りとは違う桁外れな醍醐味《だいごみ》にあるであろう。与那国島《よなぐにじま》のカジキ釣り大会も人気があり、毎年開催されている。

隣人が与那国島の漁師と知り合いだということが判り、カジキ釣りが可能か聞いてもらったところ、OK、5月連休が釣りどき、良かったら案内するとの吉報をもらったので、早速隣人と2人で出かけることにした。

5月1日、多良間島から宮古島へ。宮古島から与那国島への直行便は不便なので、一旦那覇へ逆行し、そこから与那国島への直行便に乗る。

与那国島は八重山列島の1つで、天気のいい時は台湾が見えることがあると言う。東京から最も離れた島で、日本の最西端の国境の島である。断崖の多い地形で、高台の草原には日本在来馬の与那国馬が放牧されている。Dr.コトーの撮影が行なわれた所でもある。

着いた次の日は生憎《あいにく》曇り空で、波も高くカジキ釣りには不向きだったので、パッパは、近場の比較的波の穏やかな海域でカツオ釣りを楽しむことにした。40~50センチ級のカツオがおもしろいぐらい釣れる。カツオの他に、80センチのシーラも釣れた。

シーラは夫婦仲が極めていいそうで、いつも一緒にいるらしい。シーラのメスが釣れた時は、必ずと言っていいほどオスも釣れるが、その逆は必ずしも成り立たないそうである。

釣り2日目、最終日。晴天で波も穏やか、カジキ狙いの日和である。まずカツオを釣り、それを生かしたままカジキのエサにする。カツオの体に針を巻き付け、カツオが元気に泳ぎ回れるようにするのがコツらしい。そうこうと準備を終え、カジキ釣りを開始したのが10時。エサのカツオを泳がせ、船はトコトコ外洋を巡る。2時間近くなった頃、竿先に付けてあったカジキの引きの目印が跳ね上がった。魚がエサに食い付いたのだ。即座に、船頭は一瞬だけ船のスピードを上げた。針を顎にしっかり食い込ませるためだ。

「ＯＫ、がんばって」

と、船頭は直径４センチもある太い釣り竿をパッパに渡した。40〜50メートル向こうの海で獲物が飛び跳ねた。この海域で大物はサメとカジキだが、サメは跳ね上がらないらしい。飛び跳ねた獲物を見て、船頭は、

「カジキだ。間違いない。２００キロはある」

と断言した。その引きは凄《すさま》じく、地球を引っぱっているような感触だ。パッパが必死で１メートル糸を巻く、反動で、カジキが10メートル糸を持って行く。こうして、引っぱり引っぱられ、カジキが弱るのを待つのである。

「釣ったカジキはどこに送ろうか？　横浜、青森、福岡？　頭は横浜？　尻尾は青森？」

雑念が一瞬頭を過《よ》ぎった。その時、パーンと急に糸の緊張が弛《ゆる》んだ。

「あーあ、バレた。糸巻いて」

船頭が冷たく言い放った。パッパは雑念の隙を突かれたのだ。パッパは心理作戦で、カジキに敗れたのだ。2時間の我慢の努力が一瞬で吹っ飛んだ。捕らぬ狸の皮算用であった。残念というより、船頭と隣人の冷たい目にさらされている自分が哀れでもあった。

気落ちしながら、パッパは次の日の飛行機に乗った。

「本当に大きかった。飛び跳ねるのを見たんだ。250キロは間違いなくあった。今度は電動リールの付いた船にする。それだと、間違いなく釣れる」

パッパは自分の雑念と腕力のなさを棚に上げ、リールのせいにした。逃げたカジキは、家に着いた頃には、終には優に50キロ増量していた。

与那国漁港で、クレーンでつり上げられた250キロのカジキの傍《かたわ》らに満面の笑みで立っているパッパの写真は、まだパッパの頭の中だけで、未《いま》だに現像されていない。

ラベンダー畑

7月16日、ラベンダー畑を見に、2人と1匹で、北海道横断旅行に出た。千歳からマンマ運転のレンタカーで、まず登別へ。2組の友人夫婦と楽しい夕食を取った後、洞爺湖湖畔に宿泊。その後、富良野のラベンダー畑を目指す。

広々した畑の端から端まで、ラベンダーの満開に感動しながら、モモをダッコしたり散歩させたり、花畑を散策。

「モモちゃん、見てー、ラベンダー。きれいだねー。いい香りだねー」

「これ、トイレの匂《にお》いでしょう?」

「え? あっ、そうか。家のトイレにラベンダーの香りの消臭剤置いているもんねー」

「ここ、大きいトイレでしょう?」

「……」

出口の売店で、ソフトクリームを売っている。

「ソフトクリーム食べようか?」

「うん、食べる、食べる」

「マンマは?」

「私も、食べる、食べる。喉、カラカラ」

2人と1匹はベンチに腰かけ、ソフトクリームをペロペロして渇いた喉を潤《うるお》した。

喉が渇いているせいもあるだろうが、北海道のソフトクリームは実においしい。

今回は、富良野から帯広まで足を伸ばすことにしている。帯広＝ジャガイモ＋ブタ丼。以前、帯広で食べたジャガイモ、ブタ丼が忘れられず、モモにも食べさせたいと思っている。

帯広まで約120キロ、約2時間。ゆっくり安全に、と思っていたが、ちょっとした手違いで、途中から北海道横断自動車道に乗ってしまった。

「モモちゃん、ダッコ。非常時態勢」

「了解」

スピード狂のマンマの運転が始まった。どうも、この自動車道は帯広に向けて下り坂になっているようだ。さも谷間を覗《のぞ》き込んでいるようで、知らぬ間にスピードアップする。

「マンマ、スピード出すぎ。スピード落して」

の連発である。気分爽快《そうかい》そうなマンマの顔、恐怖で引きつったパッパとモモの顔。

でも無事帯広に着いた。

昼食はジンギスカンを食べ、夜は以前行ったことがある居酒屋へ。ドンブリ1杯の茹《ゆ》でジャガイモを平らげた。圧巻は、焼きホッケの食べ残しの骨から取ったスープ

ラーメン。最後はモール温泉で疲れを取る。モモは入浴出来ないので、温泉のお湯で濡《ぬ》らしたタオルで入念に全身を拭いてもらう。

「モモちゃん、この温泉に入ると、美人になるんだって。よく拭いてあげるね」

「マンマ、ちょっと待って。ワタッチは、今でも美人ですよ」

最後は、飛行場でのブタ丼。明治時代、十勝に入植した人がブタを連れて来たのが始まりらしい。

「モモ、北海道、どうだった？　お花きれいだった？　何がおいしかった？」

「紫、紫ばっかで、目が回りそうだった。ソフトクリーム、おいしかった。ジャガイモ、ホッケ、ブタ丼もおいしかったけど。ワタッチは、やっぱりジンギスカーン」

花と食べ歩きの北海道の旅であった。


7月21日、無事島に戻ったが、さすが沖縄。暑い暑い。日本列島の南北の長さを実感する。

暑さと北海道旅行の疲れで、モモは、風通しのいいアミ戸の傍でうたた寝をしている。

「モモちゃん遊ぼう。モモちゃん遊ぼう」

嫌らしいネコなで声と悪臭に、モモは跳ね起きた。よく脱走し徘徊《はいかい》する、50メートル先に住んでいるゴンだった。また脱走したのだ。

「モモちゃん、遊ぼう」

「煩《うる》さいやっちゃ。臭いやっちゃ。風呂に入って、出直せー」

「偉そうに。うさぎ犬が」

「何だとう？　ワタッチは尊い遍路犬だぞう。言葉を慎めー」

「ほとんどダッコされていた、というじゃないか」

「何だとー、ワンワンワーン」

やかましい吠え声に、パッパが心配して様子を見に来た。ゴンは、あちこちにマーキングしながら帰って行った。

「またあのゴンめ、玄関にオシッコしやがって」

パッパはホースで、オシッコ跡を洗い流した。モモは、ゴンがマーキングで何を植えたんだろうかと気になって、首を伸ばし、パッパの洗い流した後を覗いていた。

クロちゃん、ヒマちゃんのこと

休みの日には、いつもの倍くらい遠出する。島を出る予定の2ヶ月前、遠出した時、外周道路の繁みから子犬の声が聞えた。次の週には、子犬3匹が道端に出てじゃれ合っていた。繁みで生まれたらしい。覗いてみると、真黒な犬がガジュマルの木に繋がれていた。ロープの長さは3メートル程しかなく、しかも木の枝に結ばれているので、自由になる空間は1メートルくらいしかない。狭い空間で生かされている痩《や》せ細ったお母さんだった。クロと呼び、次の回から、オッパイの出そうなご馳走《ちそう》を運んでやった。

クロは人懐《なつ》っこい犬で、満面の笑みで一瞬のうちにご馳走を食べ尽し、

「もっと、ちょうだい、もっと……」

と、前足でハイハイし、催促《さいそく》する。子犬たちにオッパイをあげているので、お腹が空くのだろう。その真剣な眼差しに、パッパとモモの胸は痛んだ。

「パッパ、クロちゃん、かわいそう。ロープ外してやって」

「モモちゃん、飼い主さんがいるんだから、勝手は出来ないよー。せいぜい、ご馳走を運んであげることぐらいしか……」

子犬たちも人懐っこく、帰るパッパとモモにどこまでも付いて来る。パッパとモモは懸命に走り、振り切る。モモも事情を飲み込み、

「かわいそう、かわいそう。どうして?」

と、しょんぼりする。

食べられず餓死《がし》するのも悲劇であるが、生産性を持たない動物を痩せ細らせるのも罪ではないのか。

そのうちに、飼い主が、子犬たちを宮古島の保健所に送るそうだという情報が入った。

「人懐っこいあの子犬たちには、生きる権利さえないのか?」

無邪気なあの子たちの姿が頭を離れず、どうにか出来ないものか、とパッパは思案した。当然、飼い主は引き取り先を探したはずで、その結果、それが叶《かな》わなかったのだろう。思案の挙句、パッパは実家の青森に引き取ってもらうことで話をつけた。しかし、輸送に問題があった。ケージの中で丸2日以上過ごすことになるので、かなり過酷な状況にためらった。その間、保健所に送るフェリー乗り場で、島の若者がかわいそうだと言って、3匹を引き取ったと言う。パッパとマンマとモモは、嬉しさのあ

まり、首輪3個と当座のドッグフードを持って慰問《いもん》に出かけた。

次の休日、クロの繁みに行った。クロは不安そうに、

「チビたち、いなくなったんです。帰って来ないんです。一ちゃんも二ちゃんも三ちゃんも。見かけませんでしたか？」

「大丈夫。親切な人が飼ってくれていますから」

「本当ですか？　本当ですか？　食いしん坊のあの子たち、ゴハンいっぱい食べれていますか？」

クロは少し安心したようだったが、突然の別れに、不安と淋しさを隠し切れないようだった。

島を離れる日が、どんどん近づいて来る。パッパとマンマとモモは、クロと子犬たちのことがとても気がかりだった。モモは、

「お腹いっぱい食べれますように。いつまでも元気でありますように」

と、お祈りしているようです。

クロの3匹の子犬たちの引き取り先も決まり、一安心した1ヶ月後の買い物の帰り、

隣りの駐車場まで来た時、マンマは小ネコの鳴き声に足止めさせられたそうです。日差しの強い側溝で生後間もない小ネコが、ぐったりしていた。

「目ヤニべっとり、骨と皮だけで、とても生きられそうに思えない小ネコに、末期《まつご》の水のつもりで、スポイトで水を飲ませて、草むらに寝かせてきた」

と、マンマはパッパに話した。

「じゃ、明日の散歩の時、遠見台に埋めてあげよう」

と、パッパが言った途端、ザーとスコールが来た。とっさに、パッパは、小ネコの所へ駆け出した。家に連れて帰り介抱《かいほう》し、抗生剤《こうせいざい》入りの牛乳を飲ませた。ぐったりしていて、起き上がれなかったが、息はしている。3日目ニャーとか細い声を上げ、むっくり上半身を起こし、空を睨《にら》んだ。驚いたことに、小ネコは日に日に元気になって行った。

飛行機に乗せられそうにまでなったので、宮古島の獣医の所に送った。10日後、必要な処置を終えたとの連絡があった。小ネコちゃんは、見違えるほどの元気できれいなネコちゃんになって帰って来た。車にひかれたらしく、脊椎《せきつい》損傷、腎障害あり、との診断であった。生涯にわたり、後足歩行不能、排尿排泄《はいにょうはいせつ》のコントロールが出来ないだろうとの事であった。

技工室のネコのお家を、モモが時々覗く。

「おはよう、ヒマちゃん。怖がらないで」

「おはようございます。はじめまして」

「ノー、ノー、はじめてじゃないのよ。起き上がれない時、何度か来たよ。ヒマちゃん」

「ワッチの名前はヒマちゃん？」

「そうよ。ヒマワリのように明るく元気にって。それでヒマちゃん。ワタッチはモモちゃん。あなたのお姉ちゃんよ」

「えっ？　ここのお家でワッチを飼ってくれるの？」

「そうよ。だから、もう心配ないのよ」

「う、う、うれしいニャ。お母さんが出かけて帰らないの。お兄ちゃん、お姉ちゃんたち、お腹空いて死んじゃったニャ。ワッチはお母さんを探したの。怖いものの下になって、痛くて、痛くて。穴に落ちて、もうだめだと思った時、やさしいお母さんの匂《にお》いがしたニャ。大声でニャー、ニャーと叫んだニャ。後は覚えてないニャ」

「やさしい匂いはマンマだったのよ。ヒマちゃんは3日間眠り続けたって。パッパとマンマはやさしい人間様だから、心配ないよ」

「ありがとうございます。お姉ちゃん」

お姉ちゃんと言われて、モモはくすぐったかった。

ヒマは女の子で、食欲も旺盛《おうせい》、前足でいざって走り回れるまでに回復した。毛並みは茶トラで、亡くなったトラとよく似ている。食べ物も特にサシミが大好物で、これもトラとよく似ている。ひょっとしたら、トラの血を引くネコかもしれないと思ったりしている。

お別れ

赴任当初の島民の劣悪な口腔環境にも、改善の兆しが見られてきた。特に、子ども、若い人、母親たちの意識向上には、目を見張るものがある。自分の歯は自分で守る。そのためには、予防・定期検診が大切、という認識は植え付けられた。

当初の子どもたちが大人になり結婚し、自分の子どもに歯の大切さを教えて行くだろう。それを、次から次へと。

パッパとマンマは、十分責任を果せたと判断し、２０２2年5月を以って引き揚げる旨を村役場に申し出た。パッパとマンマは足掛け17年、モモは6年になろうとしていた。

とうとう、島を離れる日が2日後に迫る。親しくしていた人たちから、また役場から送別会の打診があったが、別れの時の悲しみの雰囲気は苦手なので、お断りした。来た時と同じように、波が静かに引くように、そっと帰りたい。出発前日役場から、書類に署名が欲しいとの連絡があったので出向いた。実は、それが役場の送別会だった。職員全員が一斉に起立し、村長から長年の功績を称える感謝状を頂いた。マンマは、

「島の人たちに親切にして頂き、楽しく治療が出来ました」

と。パッパは、

「気兼ねなく過ごせ、寿命が延びた気がします」

と、感謝の返礼をした。

車を持って帰るので、当日はフェリーで島を出ることにしていた。日時は伏せていたのだが、出港間際になったら、親しくしていた人たち、患者さんだった人たち、平日にもかかわらず、幼稚園の園児たちまでが、先生に引率されてやって来た。役場

の職員がフェリーのデッキに数十本もの七色のテープを結び、その端を見送りに来た人たちに投げ渡した。ブオーとフェリーは出港の合図を鳴らした。マンマは、やっとデッキに上がって来た。オバーたちに、島に残れ、と泣き付かれていたのだった。

フェリーはもう一度ブオーと淋しげに汽笛を鳴らし、出港を促した。マンマは泣きじゃくった。島の人たちが自分の努力を認めてくれたという実感が、一気に込み上げたのだ。慈しみが、優しい努力だけが、最後に喜びの感動を生む。17年間は、十分に報われた。

やがて、七色の紙テープが切れ、潮風になびいた。「古川先生、長い間ありがとうございました」の垂れ幕の文字も小さくなった。

「皆さん、ありがとうございました」

「皆さん、ありがとうございました」

「ありがとうございました。ワタッチ、島のこと、忘れない」

人から、自然から、いろいろなことを教えられた。お礼を言うのは、むしろパッパとマンマとモモの方だと思っている。

フェリーはどんどん多良間島を離れて行く。寄せる波は「ありがとう」とお礼の言

葉を運ぶ。返す波は「ありがとう」と感謝の言葉を運ぶ。多良間島のエメラルドグリーンのサンゴ礁が霞んで行く。

「ヤギさんたち、ノラネコちゃんたち、クロちゃんと3匹の子犬ちゃんたち、元気でー」

「元気でがんばってー」

「ワタッチと遊んでくれて、ありがとうー。いつまでも忘れないよー」

沖縄のサンゴ礁の海は優しい。島人が平和に暮らせるように恵《めぐ》みを与え続けてきた。しかし、平和な時ばかりではなかったことも肝《きも》に銘《めい》じなければならない。海神《わたつみ》のなげき声が聞こえる。

沖縄の海は泣いている

耳をすませば　しくしくと
サンゴの海は泣いている
オジー　オバーはどこやどこ
光りまぶしい海なのに
ああ海神のなげき声

耳をすませば　しくしくと
サンゴの海は泣いている
オトー　オカーはどこやどこ
波おだやかな海なのに
ああ海神のなげき声

耳をすませば　しくしくと
サンゴの海は泣いている
ニーニ　ネーネはどこやどこ
星空映る海なのに
ああ海神のなげき声

沖縄の海は泣いている

作詞：古川きょう
作曲：安谷屋直美

横浜へ北上するに当たり、博多で車を受け取り、マンマの運転で熊本に寄り、マンマのふる里柳川でうなぎのせいろ蒸しを食べて横浜に向かうことにしていた。

熊本で知人たちと再会し、福岡へ。

「モモちゃん、あの山の向こうが日向、モモちゃんのお母さんのいる所だよ」

パッパはモモをダッコし、九州中央山地の南東の方角を指差した。モモはその方向を薄目で睨《にら》み、鼻から大きく空気を吸い込んだように見えた。

「お母さんの匂いがする気がする。お母さーん。モモだよー。元気だよー。ワタッチ、今度横浜へ行くよー。ワタッチいないと、パッパとマンマ、淋しがるから」

ようやく横浜に帰って来た。3日後、ヒマも貨物便の飛行機に乗って、さっそうとやって来た。これで一家全員揃った。

ヒマは大きな事故にあったようなので、非常に臆病で、隠れてばかりだったが、少しずつ慣れてきている。特にマンマが大好きで、毎日マンマと寝れて喜んでいる。

「マンマ、大好きなのニャ。マンマと寝れて嬉しいニャ。ペロペロしてやるニャ」

犬、ネコ、特にネコは、自分の将来を託す人を自分で決める、という。ヒマは最後の死の淵で、マンマを選んだのだろう。それがマンマにも伝わっているのだろう。今では羨《うらや》ましい程の仲良しである。

マンション8階のヒマ専用の部屋から、海が見える。ぼんやり海を眺めている時がある。多良間島を想い出しているようにも見える。

「お母さん、ワッチ元気でいるよ。後ろ足不自由だけど、パッパもマンマもモモお姉ちゃんも、とても可愛がってくれるよ」

ヒマには、長生きしてもらって、存分にこの星のよさを味わってもらいたい。何せ、事故から、骨と皮から生還した生命力の強い奇跡のネコなのだから。

今住んでいるマンションは、道路を挟んで公園があり、それに海が続く。沢山の犬が公園を散歩する中で、チビッ子のくせに、大小にかかわらず出会う犬毎に、吠え立てるやんちゃないなかっぺは、モモの他にはいない。

「犬のくせに、洋服なんぞ着て。初対面なのにじゃれ合ったりして。犬のプライドが全然ない」

モモはそれが不満で合点がいかないのだろう。

吠えるのに飽きた頃、モモは海の向こうをじっと見詰《みつ》めることがある。

「多良間島からは、多良間島は見えなかったが、横浜からは、多良間島がよく見える。

横浜には、敵が多い、車が多い、訳のわからないことが多すぎる。いつ多良間島に帰るんだろう。早く帰りたいなあ」

誰でもが　誰かが護る　宝物

早春の息吹《いぶき》に触れたくて、3月初め、モモを連れ四国の山歩きに出かけることにした。沖縄を引き揚げて以来、2年ぶりのフライトである。

飛行場で搭乗手続きを終え、モモを預ける段になって、係員がペット用のケージを運んできた。それを見たモモは、抱かれていた腕を振りほどき、のけ反《ぞ》り、自分からケージに入ろうとした。沖縄を往復していた時分は、3時間の窮屈なケージを嫌がり、しぶしぶ入ったものだったが。今日はどうしたことだろうか。訳のわからない横浜暮らしよりも、6年間住み慣れた島に戻りたいと思ったのだろうか。行き先が多良間島ではないので、着いたら期待外《はず》れの匂《にお》いにきっとモモはがっかりするだろうなあと、かわいそうでもあった。

後記

パッパとマンマとモモの長い離島暮らしが終わった。昨日と同じ日が来て、今日と同じ日が明日訪れることを願っている。ゆったり穏やかな時の流れに身を委《ゆだ》ね、島での楽しかったことなどを想い出し、その余韻《よいん》に浸っている。

昔から、暇に暮らしている人間は、怠け者と軽蔑されてきた。だから、科学者たちは一生懸命勉強し、月にロケットを飛ばすまでになった。建築家たちは大波にめげず、海を埋め立て、摩天楼《まてんろう》を建てるまでになった。農民たちは夜遅くまで働き、耕地をどんどん広げて行った。

高度に発達した文明は、我々に便利さ、物の豊かさをもたらしたが、反面、我々から心の豊かさ、自分らしさを奪っていやしないか。

我々は、嘘を真実らしく詭弁《きべん》を弄《ろう》するリーダーたちに、たぶらかされていやしないか。

効率を優先し、人間性を疎《おろそ》かにする社会は行き詰まっていやしないか。

一人殺して殺人、１００人殺せば英雄だなんて間違っていやしないか。

人間の尊厳を奪っていい正義などあるはずがない。

生き物の尊厳を簡単に奪っていい社会などあるはずがない。

犬をまるで人間らしく書くと、また違った風景が見えてくる。愛着が一層増し、共に生きる喜びを実感する。

きっと、慈しみは慈しみを、憎しみは憎しみだけしか生まないものなのでしょう。慈しみだけが、相手の心を和《なご》ませ、理解し合える糸口になるのでしょう。

まず、身近の動物に慈しみを持って触れ合ってみてはどうでしょう。

動物の嫌いな人に、是非読んで頂きたい。また、動物の好きな人には2度も3度も読んで頂きたいと願っています。

いろいろな生き物が、平和共存する姿が、この星に一番似合っていると思うからです。

だれかれと　楽しく過ごす　皆の星

厳しい自然の中で育ったので感覚が研《と》ぎ澄《す》まされ、また津軽の訛《なまり》が失笑《しっしょう》を買うので、ただ黙々と頑《かたく》なに我が道を突き進むのが津軽人の真骨頂でもある。高校まで育った津軽に匹敵する年月を多良間島で過ごしたが、少しは島の役に立ったであろうか。

著者略歴

古川きょう（こがわ　きょう）

本名・古川恊（こがわ　きょう）
1948年、青森県中里町生まれ。
町立中里中学校、県立五所川原高校卒業。
明治薬科大学を経て神奈川歯科大学に入学。
1976年、同大を卒業。
1978年、「こがわ歯科」（横浜市）開設。
1980年、神奈川歯科大学大学院修了。歯学博士。
2007年、沖縄県多良間村立歯科診療所に勤務。
2022年、退職。現在、横浜市在住。
著書に『リキのポナペ探検隊』（くもん出版　1987年）、
『まほろば十三湊』（文藝春秋企画出版部　2018年）、
『遍路の果てに』（同　2020年）、
『春の海』（同　2022年）など。

モモ、南《みなみ》の島《しま》へ行《い》く

２０２４年７月３日　初版第一刷発行

著者　古《こ》川《がわ》きょう
発行　株式会社文藝春秋企画出版部
発売　株式会社文藝春秋
〒１０２―８００８
東京都千代田区紀尾井町３―23
電話０３―３２８８―６９３５（直通）

印刷・製本　株式会社フクイン
装画　せきづかあきつ
装丁　アルビレオ
本文デザイン　落合雅之

ISBN978-4-16-009065-1